글벗시선 173 조인형 시집(시, 동시) 개정판

73세의 여드름

조인형 지음

도서출판 글벗

아름다움을 찾아 독자를 생각하고
기쁨을 나누고 싶다.

행복을 선물하는 것을 사명감으로 삼고, 공손하고 비
방하지 않으며, 배려하는 마음으로 사는 삶을 살고,
용서와 이해를 생활화하며 모든 일에 감사하길 바란다.

시상은 천성에서 우러나오는 소리이다. 덧칠하지 말라.

세상을 아름답게 보라
있는 그대로 감정을 표현하자.

생각하는 시!
감동이 있는 시!
행복을 꿈꾸는 시!

누구나 감명받고
행복해하는 모습을 상상하라.

아름다운 글을 빚어내어, 높낮이가 다른 둘 이상의 음이 아름다운 화음을 이루듯 우리 모두 연결 고리를 만들어보자. 화합해 보자.

그리하여 세상에서 가장 멋진 감성을 가져보자.

나의 시가 독자들에게 조금이나마 여운이 남기를 기대해 본다.

첫 번째 시집 나오기까지 지도해 주신 김은자 회장님과 이 3권의 시집이 시를 쓰기 시작하여 1년여 만에 세상에 나올 수 있도록 아낌없이, 끝까지, 지도편달해 주신 계간 글벗 편집주간 최봉희 회장님께 진심 어린 감사를 드린다.

또한 늘 조언을 아끼지 않은 방서남 시인과 서금아 시인께도 고마움을 전한다.

2023년 7월 개정판을 내면서

본가에서 석송 조인형 지음

차 례

제2부 청춘, 물들이고 싶다

제3부 그리움이 별이 되다

제4부 별들의 사랑

제5부 사랑이 피어나면

제6부 돛단배처럼

■ 서평

제1부

삶의 봄을 찾아서

했잖아 했잖아

여보 뽀뽀
사랑해
나 사랑하죠

아침에도
사랑 한다고
했잖어~

조인형님시
Yanghee

했잖아, 했잖아
  - 시 조인형
  - 손글씨 이양희

여보 뽀뽀
사랑해
나 사랑하죠

아침에도
사랑한다고
했잖아

미안해

조인형

미안 미안해
뭐든지
다 해줄게
뭘! 해줄건데
뽀뽀
아이고! 징그러워
저리 비켜

미안해

– 시 조인형
– 손글씨 이양희

미안 미안해
뭐든지
다 해줄게

뭘! 해줄 건데

뽀뽀

아이고! 징그러워
저리 비켜

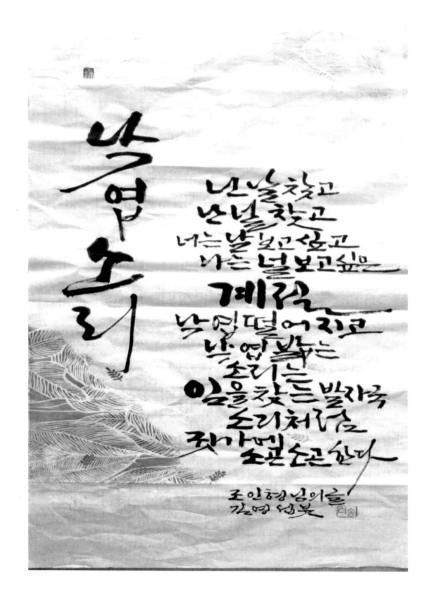

낙엽소리

난 늘 찾고
넌 널 찾고
너는 날 보고 싶고
나는 널 보고 싶은

계절

낙엽 떨어지고
낙엽 밟는
소리는
임을 찾는 발자국
소리처럼
지나면 소곤 한다

조인형 님의 글
김영 선봉

낙엽 소리

- 시 조인형
- 손글씨 려송 김영섭

넌 날 찾고
난 널 찾고

너는 날 보고 싶고
나는 널 보고 싶은 계절

낙엽 떨어지고
낙엽 밟는 소리는

임을 찾는 발자국 소리처럼
귓가에 소곤소곤한다

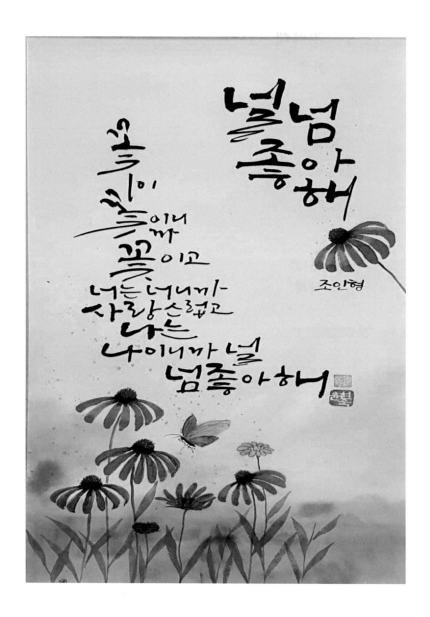

꽃이
꽃이니까 꽃이고
너는 너니까 사랑스럽고
나는 나이니까 널
넘좋아해

넌넘좋아해

조인형

널 넘 좋아해

- 시 조인형
- 손글씨 소녀붓샘 윤현숙

꽃이
꽃이니까 꽃이고

너는
너니까 사랑스럽고

나는 나이니까
널 넘 좋아해

삶의 봄을 찾아서

봄이 오니 오나 보다
꽃이 피니 피나보네
여름이 오니 오나 보다
가을이 오니 오나 보네

"그런 삶을 왜 사시나요?"
그냥 사는 게 좋아서 사는 거야
그럼에도
내 삶에 겨울이 온다면

싫어 싫어 봄을 기다리리
내 삶에 봄을 찾아서
두 날개를 활짝 펴고
저 멀리 훨훨 날아가리

73세에 피어난 여드름

낯선 이국땅
이방인 길 찾듯이
심쿵하며 더듬는 볼살 위
여드름 부대가 떼창 하듯
시끄러워 가만히 들어보니

청춘을 돌려 달라
아우성치는 듯하다
열여덟에 피어난
여드름 자국 위에
황혼에 돋아난 철없는 너를 보며
만추의 울타리에
착각한 덩굴장미
피었다가 서리에
얼어 죽은 최후 생각나

은근슬쩍 겁이 났지만,
그래도 나는 청춘이란 착각에
여드름 짜면서 즐기고 있구나

인생이란 덧없이

흘러가는 강줄기 위
삶이란 배를 띄워 노 저으며
73세 황혼 녘 남모르게
여드름 만지며 미소 감추네

잠의 유혹

잠, 너 말이야
왜 자꾸자꾸 나를 조르니
난 말이야 하고픈 게
너무너무 많아

잠, 너 말이야
왜 자꾸자꾸
나를 게으르게 하니
난 말이야
보고 싶고
배우고 싶은데

심술꾸러기 잠
그래도 난 네가 좋아
항상 내 옆에서
나를 안아주고
감싸주고 때로는
아름다운
꿈을 주기에

별이 반짝이는 밤

은하수가 저 하늘에
수놓는 밤
언제나 나에게
예쁜 꿈 주었지

시장의 추억

친구 따라 장에 가니
이것저것 구경거리
볼 것도 많았다

하필이면 내 뱃속이
파도처럼 요동치네
어찌할 봐 모를 적에

뒷간 찾다 옷이 젖어
구경 한번 못해보고
허둥지둥 달려왔네

아기 할미꽃

양지바른 뒷동산
바위 사이에
봄소식 전해 듣고
멋모르는
아기 할미꽃

봄기운 받으며
기쁜 마음으로
얼굴을 내밀었다네

"아이 깜짝이야"
아이 추워
꽃샘추위에
어찌할 바 모르네

얼어버린
아기 할미꽃
내 입김 불어
녹여 주고 싶구나

어찌하리

갈 길은
까마득하게 멀고

마음은
그지없이 바쁘고

시간은
티끌만큼도 없고

할 일은
태산처럼 쌓여 가는데

어찌하리

하고 싶은 것
너무나도 많아

보고 싶은 곳
너무너무 많고

이 애타는 가슴

어찌 어찌하리

사랑하지만
이룰 수 없고

그리워도
감춰야 하는

이 애태우는 내 마음
어찌 어찌하리

잊고 싶어도
잊을 수 없고

보고 싶어도
갈 수 없으니

무정한 인생사
어찌 어찌하리오

해오름달 첫날

그리움처럼 쌓이는 흰 눈
창가에 비치는
나무 위에 앉아
세상을 노래한다

어머니같이
고마운 하얀 눈
오늘이 설날인 줄
그대는 어떻게 알고
다정하게 내려와
세상에 순결한 미소를 주는가

난 그대를 오랫동안
보고 싶어
태양아 저 멀리 가렴
하얀 눈 다치면
마음 아프니까

상처의 늪

상처 던지고
까마귀처럼 몸을 사리다

안아버린 아픔
싫어 외면하고
먼 산 바라본다

먹구름 흘긴 눈
덧칠한 상처
서러움 꿀꺽 삼키며

뒤돌아선 눈망울에 흔적
머뭇거리더니
다시 그 자리

뚝배기

너는
무뚝뚝하게
생겼어도
어머니처럼
맛있는
음식을
네 안에 담아

항상 나에게
맛있는 음식을
따뜻하게
해주는 뚝배기다

못생겼어도
진실한 너는
오늘도 내 식탁에서
최선을 다하는구나

오늘도 보글보글 바글바글
향기로운
냄새가 가득하게
내 코끝을 간지럽힌다

백발에 피는 꽃

실낱같은 바람의 물줄기
시냇물 이루고

새소리 화음 넣으며
푸른 골짜기에 이른다

세월 자라 노력의
강줄기 이루더니
하늘을 이고 바다 되어
선물인 양 내게 왔다

비바람 맞은 세월
어느새 백발
마을 어귀 느티나무
고목 닮은 줄 알았는데

어느 틈엔가
새순 돋는가 싶더니
꽃망울도 보이더라

개화를 기다리다

문득 피어난 사람
꽃이 옹기종기
어수선하더니

시심 가꾸는 시인 되어
시의 열매 수확하네

삶은 바퀴다

자동차가 바퀴에
균형 얹어
세상 굴러가듯

마라톤 선수가
땀방울 매달고 바퀴처럼
곧은길 풍랑에 달려가듯

바람같이 지나간
풍진 세월

후회도 미련도
던져버린 가슴앓이
비워 버린 삶

험난한 오솔길 맨발로
서산에 황혼
짙어지는 그 날

삶의 진리도
바퀴로 굴러가리라

과거의 흔적

과거는 과거일 뿐
과거 없는 현재나 미래는 없다

과거는 그리움
발자취 찍어 가며 흘렀던
삶의 추억과 흔적들
세월이 지나도
그림자처럼 따라 다닌다

과거는 미련과 아쉬움
지나간 세월 되돌아가고 싶다
떠나가 버린 나그네처럼
그대의 그림자가
나의 눈가에 아른거리며
내 가슴속 깊은 곳에 흐느끼는 흔적

날 두고 허무하게 가버린 사람
무척 보고 싶고 안아주고 싶다
좀 더 잘해줄 걸 아쉬움의 미련
내 가슴 타들어 가 멍이 들고
흔들리는 갈대처럼 퇴색되어 간다

말하는 혀

사랑하는 아들, 딸, 손녀, 손자들아
잘 들어라
혀란 불과 십 센티 미만이고
아주 작지만 수많은 사람을
죽일 수도 있고 살릴 수도 있단다

아무리 큰 칼도 한 번에 한 사람을
죽일 수는 있어도 많은 사람을
죽이지 못한단다

혀를 조심하고 한번 뱉은 말은
주워서 담을 수가 없단다.
남이 들어서 아픈 말은
열 번이라도 생각해서 신중히 말하고

남의 즐거운 말은
실수라 해도 괜찮다
열 번을 실수하더라도
항상 남을 즐겁게 하라
그러하면 나도 즐거워진단다

서정의 흔적

노을 진 가을 하늘
둥실 떠다니는 구름
흘러가는 인생길의 여정

어려움 속에 애틋이 만났던
너와 나의 애달픈 사연은
석양의 타오르는 불꽃같이
내 가슴을 태워 버렸다

너는 나의 초가집의 꽃이 되고
나는 너의 듬직한 기둥이 된다

가버린 너의 흔적들
너는 떠났지만
내 가슴속엔 보내지 못하고
널 붙잡고 있다

아! 마른하늘에 날벼락
천둥소리가 들린다
눈 뻔히 뜨고 바라볼 뿐
붙잡지 못했다

날 두고 떠나갔어도
그대의 흔적은
어두워진 안갯속에
멈칫멈칫 머물러 있고

귓가에 속삭이는
귀뚜라미 소리는
밤 깊은 줄 모르고 구슬프다

너는 가고 없지만
우리의 사랑은 은퇴를 모르고
안개 낀 골목에서
서성거리며 눈물짓는다

꿈의 존재

꿈이란
희망이요

삶의 원동력이다
존재의 의미이다

꿈이란
소유하는 것
행복하다는 증거다

황금 보화가
가득해도
꿈이 없다면
삭막하고 메마른
갈대숲과 같고

꿈이 사라지면
텅 빈 고목과도 같다.

기다림 속에서

나는 언제나
기다리면서 살지
봄이 오길 기다림은
꽃이 그리워

여름이면
풍성한 과일의 단맛
가을이면
오곡백과 익은 소리 들으며

귀뚜라미 소리에
귀 기울이고
떠나신 우리 임
네게 오기 기다려요

언제나 기다리는
내 마음에
어느새 겨울에
흰 눈 내려주네

제2부

청춘, 물들이고 싶다

그녀의 온기 흐르던 날의 추억

호숫가 걷다 발걸음 쉬면
하늘이 호수에 꽃처럼 뜨고
오리가족이 떼지어
가족애 자랑한다

맞잡은 두 손
사랑이 흐르고
우리는 아무 말 없어도
사랑에 취하네

서산에 걸린 해
자취를 감추고 어둑해지는

율동공원 길섶에
삶의 율동은
우리를 묶어주네

인생은 이렇게
아름답게 흘러가네

외로운 참새

아침 햇살에
짝 잃은 참새 한 마리
창문 틈 사이로 기우뚱
엿보고 간다

모이를 주려고 창문 여니
참새는 날갯짓하며
포로롱 날아간다

외로운 참새야

가을이 가고
겨울이 오면
차가운 겨우살이 어이 할까
보금자리 있니
무얼 먹고 살래

청춘, 물들이고 싶다

살빛 햇살처럼
은총 같은 물줄기
계곡에 흘러
화음이 아름답다

세월 풍상에
낡아버린 매화나무
계절을 잊은 채
고목에서 꽃이 돋네

꽃을 피우던 물줄기
고목이라 아니 갈까

목숨 다해 피워낸
꽃잎에 입 맞추고
살빛 햇살에 다시
청춘, 물들이고 싶다

익어가는 삶의 여정

태백산
그늘처럼 넓고
존재함만으로도
미더운 사람이고 싶다

비바람 회초리
아리면서
백발이 깃들어도
익어가는
겸손의 꽃
피워내는
사람이고 싶다

내 마음
나도 모르지만
황혼의 넋두리
모른 채
익어가는 여생 자락
곱게 접어지면 좋겠다

임에게 미소를

꽃님이
날 찾는 날
내 마음의 문을
활짝 열고

예쁜 마음을
가슴에 가득 담아
저 맑은 하늘에
그리움 띄운다

저 푸른
수평선을 향하여
그리웠던
그 사람에게 전하고 싶다

사랑한다고
정말 사랑한다고
수줍은 미소 감추며 합장하고
내 마음 모두 보내 드리고 싶다

황혼이 와도

나뭇잎은
황혼이 와도 슬퍼하지 않는다

나뭇잎은 황혼이 와도
추억을 그리워하지 않는다

나뭇잎은 황혼이 오면
까치 옷 때때옷 입고

바람을 기다리며
날 데려가기를 학수고대한다

천사 같은 그대여

소리에 친절 섞어
갈 길을 안내하는
그대는 내비게이션
모르는 길 동행하는
그대가 고맙다

어둠의 장막이
불을 켜는 순간
빛으로 밝아지듯이
나의 천사는
삶의 길목에도
지혜의 불빛 된다

무지의 시력에 밝은
조도 맞추고
미약한 청력에
보청기 같아지며
갈증으로 목마르면
맑은 물이 된다

내 마음의 천사 영혼 닮아
인연이란 내 삶의 강 건너
날개로 비상하는 환상 품는다

보릿고개

지난 세월
결핍의 강 건너 주던
너는 그날의 내 징검다리
허리춤 머리띠처럼
졸라매고
끼니만 목을
빼고 기다리던 때

게 눈 감추듯
먹어 치우던 추억
물 마시고 배고픔 잊었던
그날 유년에 길목에
우리 가족 구원의 명줄

마라톤 완주같이
힘겨운 보릿고개 넘고
여문 보리쌀 식량으로
광에 쌓일 때
보리밥이 가마솥에서
푹 퍼지게 익어가면
우리 식구
웃음소리 밥상에 차려진다

친구와 래프팅

파도치는 동강 줄기
우거진 밀림 숲 사이로
물이 흐르는 낭만을 타고

보약인 양 공기 마시며
노를 저어가네
하얗게 거품이 솟으며
흐르는 물들이 표백하고
철석거리며 흩어지네

가이드 장난기
간지럼 태우듯
돛을 후려 장난기 발동하고
솟아오르는 시원한 물줄기
내 몸 덮치니

성수처럼 내 가슴 맑아지며
친구들과 래프팅 절정에 달한다

무언의 소리

낙엽이 흩날리는
소리가 들린다
가을은
'독서의 계절'이라고 했던가

무언의 소리
책 속에서 들린다
지금 낙엽이 흩날리는
소리를 듣고 있다

소곤소곤 속삭인다
속삭이는
쉬~ 그 소리
귓가에서
꼭 너의 꿈을 찾으라 한다

나 모르지

너는 나 모르지
나는 너 알아

너의 이름은
가을에 피는 꽃
코스모스
향기는 없어도
난 널 사랑해

영종도에 가다

무의도 다리 건너
실미도 슬픈 이야기
가슴 아픈 이야기를
가슴에 묻고

엄청 덩치 큰 탱크가
새처럼 하늘을 휘젓고
선화네 칼국수는 맛이 좋아
영종도 구름 위에
깃발처럼 휘날린다

봄비 내리는 창

창가에
부딪히는
빗방울 소리는

봄이 오는 소리일까
꼬맹이들
책을 읽는 소리일까

진종일
봄이 왔다고
알려 주네

앙상한 가지에
사뿐히 내려와
사랑한다고
고백한다

꽃봉오리 맺어
예뻐지고
멋 부리면
나비 찾아올 거라고
속삭인다

삶의 추억 조각

내 삶이 볏단처럼
생각 엮은
추억의 조각들
저 창공에
자수 놓으니

얼굴에 번지는 이슬방울
얼룩 감추고
개미처럼 살아온
추억 쌓아온
보람 무상하다

어느덧 인생의
석양 길
돌아보는 마음
한편 결핍의
무게 찬연하구나

학창 시절 추억

선생님 몰래 담 넘어
점심 식사하려고
헐레벌떡 시간 쫓겨
보리밥에 냉수 말아
집 된장에 고추 찍어
빨리빨리 넘기고서

뒤돌아서 헐레벌떡
담 넘어서 뛰는데
선생님께 들켜서
무릎 꿇고 벌 받던 추억
이제 와 생각하니
아름다운 젊은 날 추억이었다

사랑손 같은 햇볕이

오솔길 아기자기
피어난 아지랑이
누렁이 나비처럼
덩달아 춤을 추네
좋아라
봄이 왔단다
빨리빨리 오려나

춤추는 아지랑이
논두렁 좋아하네
빨리와 종달새야
새싹이 활짝 웃네
햇빛이
사랑을 주며
따뜻하게 비추네

가버린 인연

덧없는 세월처럼
빠르게 지나간 시간
그대와 나
인연이 다되어
그 대가
구름바다 위 높은 곳
가 있는 줄 알았는데

그 인연 지금도
끊어지질 않고
슬픔 잊으려고
슬프지 않은 척
해보지만

공허한 가슴속
비둘기 한 마리가
인연 찾아
구름바다를
휘젓는다

흘려버린 쌈짓돈

흘린다
눈물만이 아니고
잠자다 일어나
화장실에서도 흘린다

아침에 밥 먹다가
국물을 흘리고
아침 이슬은 하늘이 흘려
풀잎이 먹고 자라며
아름다운 꽃을 피운다

눈물을 흘리는 것은
누구를 그리워
통곡하는 것일 거다

시냇물이 흐르며 흘리는 것은
생명에 단비가 되고

흘려버린 쌈짓돈
누군가에게 중요한
쓰임이 될 터이다

갈대

금발 머리 갈대
겨울바람에 하늘거리고

그대는 금발이 되어도
허리가 굽지 않은 몸매

한 점 부끄럼 없다고
고개 숙이지 않은 몸가짐

겨울이면 부동자세로
겨울밤을 지새우며

바람결에 살금살금
사랑을 속삭인다

제3부

그리움이 별 되다

물 흐르는 소리

물 흐르는 소리
속삭임처럼 들려오며
따뜻한 봄
양지바른 언덕
봄꽃은 은은한 미소 던지며
사랑해 달라 손짓하는 듯

물 흐르는 소리
슬프게
때로는 기쁘게
가슴속 깊숙이 파고들어
그리운 추억 엮어준다

연초록
나뭇잎들이
바람 물결에 펄럭이는 봄
가는 세월 아쉬워하며
물 흐르는 소리
가슴에 저장한다

사랑의 가로등

어둠이 짙어지면 변함없는
두꺼비 눈동자처럼 생긴
가로등 불빛
가는 길을 밝게 하네

따뜻하고 온화한
어머님에 눈빛 같고
다정한 누이 같은

이웃집 털보 아저씨처럼
누구에게나 친절하게
사랑을 비춰준다

어둠을 밝히는 불빛처럼
나의 삶은 밝은 빛이 되어
세상 밝은 빛이고 싶네.

해오름달 첫눈

그리움처럼
쌓이는 흰 눈
창가에 비치는
나무 위에 앉아
세상을 노래한다

어머니같이
고마운 하얀 눈
오늘이 설날인 줄
그대는 어떻게 알고
다정하게 내려왔나
세상에 순결한
미소를 내민다

난 그대를
오랫동안 보고 싶어요

태양아 저 멀리 가렴
하얀 눈 다치면
마음 아프니까

향수鄕愁

어머니처럼 포근하고 아담한
무등산이 저 멀리 보이고
뒤에는 아버지처럼 가족을
감싸주는 병풍산 둘러앉아 내려다보네

옆에는 무섭게 짖어대는
불독 같은 불태산 자락에
옹기종기 모여 사는
원촌 마을에 작은 초가집
한 채 그곳 내가 살던 집
가끔은 보고 싶을 때가 있다

친구들과 소꿉장난했던
그리운 친구
명절이면 즐겨 먹던 그리운 밥상
가끔씩 친구들과 서리해
즐거워했고 철없었던 시절
다 부질없는 추억
가슴에 담고 그리워한다

파도가 부른다

파도가 우리를 향해서
물결 타고 달려온다
가지 마세요

어여쁘고 우렁찬
목소리 철썩거리고
살짝 나를 붙잡는다

그리운 젊은 시절
비취 파라솔
그늘진 모래밭에 앉아
이야기꽃 활짝 피며
헤엄치고 물장구쳤지

갈매기 너울너울
바다 위에 날고
젊음의 낭만 허공에 띄우며
추억은 마냥 행복하여라

기다림의 행복

기다리는
동안의 시간은
행복하다

기다릴 줄
아는 성숙함이
내 인생을 바꾼다

모든 삶은
기다림의
연속일 따름이다

행복을
꿈꾸는 시간
앞아서 기다림에 있다

우린 십 개월을 암흑 속의
기다림 끝에
밝은 빛을 보았다

여물어 가는 삶
기다림 속에 환희가
뭉게구름처럼 넘실거린다

그리움이 별이 되다

그리움이
별이 되어
반짝일 때

내 마음에
흐르는
속삭임은
허공을 맴돈다

강줄기 위에
꽃을 비행하며
아름다운
삶을 사는
별이 되고 싶어라

꽃싸움

얼굴만 마주해도
참 좋은 너
그림만 보아도
환상적인 너
벗과 꽃싸움 꽃놀이
심심풀이 고스톱

너 화투 고맙다
화투 네가 있어
보고 싶은
친구와 대화하고
웃음 짓고
난 네가 있어 행복해

친구들이 너 보고
싶다고 날 찾네
나는 안 보고
싶은가 봐
네 덕분에
친구 얼굴 보고

오늘 하루
웃음꽃이 피었다

짝사랑 그리움

사랑하여
그리움 돋네
보고 싶은 그대
눈가에 이슬
애달픈 눈빛

서러움에 가슴이 메고
먼 산 무지개처럼
아름답게 피어
아픔 지워가네

짝사랑 그리움
사랑으로
가슴앓이
다 지워 버리고
저 푸른 하늘에
던져 보내고 싶어

내가 가는 길

내가 흐르는 길이
가시밭길처럼
어려운 길일지라도
아니 갈 길 아닌 데

어찌하여 얼굴에
눈물을 적시려고 하나
슬퍼하는
마음 가득 싣고

멋없이 정처 없이
흘러가려고 하나
힘을 내 용기를
가지고 떠나가렴

가는 길 어둡고
험난해도
늘 슬픔 지워버리고
흘러 흘러

늘 즐거운
미소 보내며
꽃처럼 아름다운 세상
품 안에 간직하리

첫나들이

옛날 옛적 두 살 적에
생전 처음 나들이
아장아장 걸어가서
세상 구경 신기하네

운동장이 엄청 크네
느닷없이 오줌 마려
헐레벌떡 달려오다
옷이 젖어 얼굴 붉혀

창피해서 어찌하나
우리 엄마 하는 말이
아무 데나 쉬~하라
끌어안고 달래 주네

가는 길

좋았던 계절은
벗꽃이 사라지듯
흔적만 가슴속
깊숙이 웅크리고

앙상한
나뭇가지로 남아
쓸쓸히
석양빛 노을 진
하늘을 바라보며
겨울이 찾아와

나를
얼려 버린다 해도
밝은 모습으로
기다리면
봄날은 새로운
희망으로
운명처럼
찾아올 거야

노을 진 궁평항

초여름 강바람
산들거리며
갯내음 코끝에
매달리고

궁평항 앞바다
구수한 향기
감미로운 바닷바람
석양빛 등지고

기다림에 지친
아낙네
뒤태가 보인다
오뚝이처럼 노을 진

먼 수평선을 바라보니
고기잡이 나간
뱃사공 웃음소리
들리는 것 같다

웃기지 마라

웃기지 마라
나도 한때는 천하가
내 손 안에 있었다

까불지 마라
나도 한때는 잘 돌아가는
톱니바퀴였다

지금은 비록 녹슬고
쓸모없이
고물 가게 낮잠 자고
있지만

초록빛 물결

참 아름다워라
네가 펼쳐질
초록빛 물결
쳐다볼수록
생기 넘친 모습

너를 기다리고
기다리던 시간
긴 나목의 터널을 지나
어느덧 연초록의 향기로

사랑을 소곤소곤
속삭이는
귀여운
여인처럼 다가와

나를 반기는 초록이여
늘 푸른 너를
내게 수혈하며
행복을 꿈꾼다

보슬비

비 오는
눈동자 같은 호수
아름다운 물결 윤슬
뿌연 안개 속에 춤추고

호수의
비탈길에서
물여울 쳐다보며
마음의 눈 감아 보네

뽀얀 안개 자락
너울너울 춤을 추는
호수 벗들과
아픈 사연 나누며

고요한 호수의
잔잔한 물결
연분홍 비단 치맛자락
추억 물들이고 싶어라

겸손의 꽃

우거진 숲 시냇물이 흐르는
바위 사이 별 볼 일 없는
작은 소나무 한그루

비록 쓸모없는 그였지만
화분에 옮겨 심어 놓고 보니
꽃을 피우지 않고도
더욱 아름다운 꽃이 되어
모든 이에게
감명과 탄성을 주듯이

비바람 맞은 세월 속에
백발이 깃들수록 값지고 멋진
겸손의 명자꽃같이
분재가 스스로 꽃이 되어
반딧불처럼
어두운 세상을
비추어 주리라

미덕으로 여기던
겸손의 종착역 시대를 마감하고

그리운 겸손의 꽃이여

기나긴 세월 속에 머리카락이
백발로 하늘거려도
예쁘고 아름다운 꽃을 피워
사랑받고 사랑을
줄 수 있다는 것은 축복이며
애틋한 사랑의 열매다

저 하늘에 반짝이는 별처럼
수천 년 변함없이
반짝이는 향기를
우리에게 보여 주듯
그 향기를
품 안에 가지고 사랑하며
그리운 이에게
삶의 종착역까지
그리운 겸손의 품에 안기어
고이 잠 들고 싶어진다.

그리움 앓이

그리움 찐하면
마음이 아프고
먼 하늘을
바라보며
눈물 고이고
한숨만 짓는다

그리움 앓다가
미움이 자리하면

내 속이 좁은 탓인가
미움이 마음을
지배하고 사무치게
그리워할 때

다시 그리움이
재발하면
남모르게
가슴앓이 한다

핸드폰

손안에 작은 세상 손전화
너 때문에 잠겨버린
가족의 애틋한 사랑

기쁨도 슬픔도
메마른 초원 위에
풀잎처럼 시들어 간다

앙상한 가지처럼
찡그리며 머무르는 곳
핸드폰만 쳐다보며 분주하다

정보의 바다에 의지하지만
시력을 잠식하는 너
필요악이라 여긴다.

들창코

걸쳐 놓은 듯
속이 보이듯
하늘 보일 듯
들창코 같은 창문 사이로

슬픈 사연들이 줄을 잇는 곳
비둘기처럼 날아 온 천사들
해님처럼 살며시
따뜻한 사랑을 가슴에 적신 날

가는 핏줄 찾아
한 생명줄 꽂고 있다

하얀 머리 이고 손 모으는
할머니가 곁에서 슬퍼하며 기도하네

제4부

별들의 사랑

친구 사진

친구 사진 보니
함께 산에 오르는 것처럼
추억이 새롭구나

비 오는 토요일
친구는 우산 들고 비옷을 입고
산허리에 오르던 날
바람 소식에 젊음도 가더구나

꽃바람 오솔길에
발자국 남겨가며
히히 하하 웃는 모습
내 가슴 깊은 곳에
언제라도 함께하고 싶구나

아파트 너스레

저기 물속을 봐
아파트가 별 무리 같아

가로등 밝은 빛에
아름다운 호수

아파트가 아주 많아
그 집으로 이사할까

꽃단장을 하고
용왕님도 초청하고
거북이도 초청하여
금붕어도 초청해서

콧방귀도 뀌어가며
동네방네 잔치할까 보다

* 호숫물 속으로 불빛 반사되어 아파트처럼 아름답다.

폭포 소리

폭포 소리
어린아이처럼 슬프게 우네
오늘따라 애처롭게 들리니
내 마음 울적한가

아니면 폭포가
슬퍼하는 건지
내 마음 즐거울 때
콧노래 구성지게

흥겨운 메아리가
골짜기 스쳐
예쁜 한 마리 종달새
산 넘어간다

나의 기쁨과 슬픔을
아는가 보다
아마도 폭포수는
나의 분신인가 봐

보자기

보자기를 가방처럼
들고 다니던 어린 시절
가끔은 그 시절 그려 본다

가방이 없어 보자기에
중고 책을 싸서 묶어 들고
가방처럼 들고 다니던 국민학교

너덜너덜 헌 보자기
책 몇 권과 노트
필통도 없이 몽당연필

다 달았던 지우개
보자기에 담아 들고
무거워 어깨에 메고 다니던

어려웠던 그 시절
추억이 아른거린다

저 하늘에 별

저 하늘에 별 좀 보소
별들 사이 윙크하며
서로 간에 사랑하네

저 하늘에 별 좀 보소
손짓하고 눈짓하며
나를 보고 인사하네

저 하늘에 별 좀 보소
임 그리워 애태우며
아롱아롱 눈물짓네.

* 어릴 적 나는 별들을 무척 좋아했다. 그 시절 아름답던 하늘
이 자취를 감추고 지금은 밤하늘이 쓸쓸해 그리웠던 그 시절 추
억을 뒤돌아본다.

늦깎이

두근두근 하네요
아침 일찍 일어나

어린 학생처럼
책가방 챙기고
학교 가는 날

늦공부 하느라
밤잠을 설치고

일학년 마지막 시험
잘 보고 싶어

새벽길을 달려가니
우리 학교가 보이네

우리 교실이 날 부른다
몸속에 학구열이 넘친다

어릴 적 추억

옛날 아주 먼 옛날
눈물 콧물 닦아가며
우리 엄마 찾아보네

헛간 뒷간 다 뒤져도
우리 엄마 간곳없어
엉겁결에 울어 보네

악을 쓰고 울어본들
무슨 소용 있었겠나
악을 쓰고 불러본들
우리 엄마 나올쏘냐

뒷산 머리 해 기우는데
우리 엄마 웃음소리
내 얼굴이 해님처럼
환하게 밝아졌네.

사랑방 보리밥집

한 끼 식사가 게 눈 감추듯
내 입 안에서 흔적 없이
사라져가고

봄이 오면 흰쌀밥은 간곳없고
보리쌀도 항아리 속에 달랑거리며
식사 때면 밥그릇 어느 것이 큰가
눈치 보며 철없이 욕심부렸다

먹고살기 힘들었던 추억의
꽁보리밥 대소쿠리에 담아
부엌에 걸어놓고 서민들의
굶주린 배를 채워 주었지

양푼에 덜어 열무김치와
고추장에 비벼 먹으며
"엄니 밥 더 줘"
"나 배고파"라고 졸랐던 시절
그 시절 먹었던 밥이지만
입맛이 익어 지금도 보리밥집이
나의 사랑방이다

황혼의 낙엽

오돌오돌 떨린다
나도 가야만 되는데
근데 싫어
가기 싫어

봄이 좋았지
여름도 좋았어
그 시절 시원하게 불어주는
친구 바람이 있었지
너와 춤추었던
그 추억이 그립다
나에게도 황혼이 왔구나

나무야 너와
헤어질 날도 조금 남았지
헤어지면 어떻게 해
보고싶어서

별들의 사랑

어둠이 깃들면 반짝이는 별들
서로 바라보며 눈짓하듯이
사랑은 눈물 젖은 눈빛 서로
마주치는 일이다

사랑은 서로의 가슴에 와서
고요한 이 밤길에
물결치는 파도처럼 출렁이는
애처로운 일이다

사랑은 여행길에
태풍을 만나 헤매다가
별처럼 많은 사람 중에
만나는 그 한 사람과
꽃처럼 곱게 피어나는 일이다

사랑은 폭풍의 바다를 건너며
잔잔한 파도 아쉬워하며
무너지는 가슴 달랜다

사랑은 아름답게 웃는 가슴

뭉게구름처럼
하늘 아래 고운 꽃처럼
그리움으로
피어나는 일이다

꿈 너스레

꿈이란 단어 적어 놓고
꽃바람처럼 스쳐가며
희망을 꿈꾼다

꿈은 희망에 씨앗
내일의 목적지
꿈은 행복을 가지는 것

오늘도 꿈은 이정표 향해
달리기도 하고
넘어지기도 한다

꿈을 안고 살면
황혼기에도 늘푸르다
행복하려면 꿈을 꾸어라

흔적

아픈 흔적이 고여있어
네 상처 가슴에 안고
달맞이처럼
저 하늘 바라보니

어두운 먹구름
적막 속에
너를 그리네

가슴속에
넘실대는 아픔까지
지우개로 깨끗이 지우고

뒤돌아보니
꿈결 같은 아픈 흔적
그대로
일그러지고
얼어버린 채
가슴앓이를 한다

억새풀의 멋

율동공원
호수가에 억새풀 꽃
겨울바람에
멋지게 춤을 추고

그대는 갈대처럼
금발머리에
날씬한 몸매
폼 잡아 멋 부리고

깊은 시름에도
곱게 쉰 머리칼
고고한 몸매로
인생을 바치고

부끄럼 없는 이름석자
억새풀 이름처럼
억새게 살았다

얄미운 계절

꽃은 시들고
꽃잎 떨쳐 버린
얄미운 계절

시들어가는
나뭇잎 삶의 황혼 길에
빨강 머리 노랑머리 물들이고

철없는 어린아이
까까 옷 입은 것처럼
예쁘다고 우쭐거린다

제주도

고맙수다 제주여
늦가을 황혼이 깃든
심장 흔들며
오가는 쓸쓸한 인생길
너와 함께
할 수 있어 좋구나

너에게서
그리움 고인다
가슴에 간직하는
가을 향기
내 품에
가득 담아 가련다

가을 공원
멜리아라힐
맛있는 고등어 조림
시원한 깻잎에
점심 식사 소주 한 잔에
취기가 확 올라온다

억새꽃

억새꽃이
익어가는 계절에
저 푸른 하늘에
풀풀 날리는 꽃
춤을 추는
하얀 꽃잎이
날개도 가볍고

허리도
가늘어 예쁘고
천사 같은 꽃
하얀 나비가 되어
승천할 듯
펄펄 허공을 날고
호수를 맴돌면서
날갯짓하는 몸짓

계절이 깊어 갈수록
고요하고
정숙한 몸짓으로
유유히 창공을 향하여
그리움 남기며
아쉬운 듯 고향을 등지고
떠나간다

봄 너스레

잎이 나고 꽃 피우니
저 산 고개 넘어 산촌에
할미꽃이 아기처럼 손짓하고
진달래가 연인처럼 윙크하네

저 석양에 해님도
봄이 온 줄 아시나 봐
서산 위에 방긋 웃음 짓네
임 보고파 그리움 앓고 있는

애틋한 이 가슴에
봄이 왔다고 속삭인다
그리운 내 임은 봄이 오고
꽃이 핀 줄 알고 있을까.

* 봄 하면 그냥 좋아 춤추고 싶어진다. 봄은 언제나 따뜻하고
부드러운 느낌, 생동감이 있다

손님이 오셨네

살며시 노크하는 당신
누구세요
아! 봄이 오셨군요
연초록 물결을
가슴에 안으시고

아름다운 꽃들과
벌 나비들을 대동하시고
예쁜 연인처럼 살며시 오셨군요

당신이 오시는 날
애타게 기다렸습니다

사랑의 어머니

인자하신 어머니
가족을 위하여 온 가슴으로
헌신하신 어머니
눈물이 난다

만추 지난 엄동설한에도
추운 줄 모르고 온 산을 누비며
마른 땔감을 머리에 이고 와
아궁이에 불을 지펴

따뜻하게 해주신 어머니
봄, 여름, 가을, 논밭으로
오직 가족을 위해
삶을 살다 가신 어머니

위암이라니 청천벽력이었다
어머니가 아프다
아니 이건 또 뭐랍니까
우리 그녀가 편두암이란다

날 낳아주고 이렇게

성장할 수 있도록 키워준
어머니 걱정은 뒤로 둔 채
그녀가 아프다고

이리저리 정신없이 헤매다가
떠나버린 어머니
애통하다. 보고 싶다
어머니 죄송합니다

참는 것

참는 것
훌륭한 일입니다

속담에
"길이 아니면 가지 말고
말이 아니면 탓하지 마라"

잘 참았습니다.
참는 자에게
복이 있고
참는 자에게
마지막 승리를
안겨줍니다

인내하는 것
현명하고
거룩한 일입니다.

난 몰라

장미야
철없는 아이처럼
왜 가을에 피니?

코스모스 피는 꽃 보고
샘이 나서 그러니
아니면 코스모스로 착각했니?

네 생각대로
아무 때나 피고 싶니?
서리 내리면
난 몰라

제5부

사랑이 피어나면

있을 때 잘해 줄걸

그때는 속 빈 거죽이었다
잘해 줄 걸 후회 해 봐도
사라져 가버린 한 조각 흔적

인생이 계절처럼 다시
찾아온다면 얼마나 좋으리
물길 따라 낙엽처럼 가버린 사람
디딤돌같이 붙잡지 못했다

백발 머리 얼굴이
주름이 덧칠할수록
그리움이 폭포수처럼 넘치네
그대랑 때로는 아웅다웅
다투기도 해보았지만

내 품 안에 안길 때는
한없이 사랑스러웠기에
지금도 그리움이 눈물 되어
시냇물처럼 흘러 너울거린다

마스크여

마스크여 그대와 만나
날마다 내 입술 가려주고
안아주고 키스해주니
고마운 임 같은 마스크여

이제는 저 먼 곳으로
날려 보내리
그대 여기를 떠나서
영원히 사라지더라도
나 서운치 아니하리

저 멀리 떠나가려무나
영원토록 헤어지고 싶다

사랑의 미운 정

미움은
사랑이 있어
얄미운 정이 있는 것이다

사랑은
미운 정이 있어야
사랑도 있는 것이고

그리움은
사랑이 있어
그리움의 정이 있는 것이다

늦바람

시원한 바람이 분다
교실 안으로 살며시 창문 열고
바람도 나의 마음을
아는 것처럼

내가 끙끙거리며
늦공부 하느라
비지땀 흘리는 것을

남쪽에서 부는 바람이
예쁜 글씨 쓰라고
노란 색종이에게 인사한다

내 얼굴을 살며시
어린아이처럼 만져주니
어둠에 터널에서
안개 그치듯이 사라지며
밝은 마음에 불빛이 나를 반겨준다

그런 사람

갈게요
가지 마
왜요
보고 싶어서
어제도 보고 오늘도 봤잖아요

보고 또 봐도 보고 싶고
봐도 봐도 또 보고 싶고
이유 없이
그냥 보고 싶은 사람
그런 사람

내 탓이로소이다

남을 탓하지 말라

모든 것을
내 탓이다고 하라

그래야만 삶이 평안하고
희망이 보인다

남을 탓하는 순간
아무런 대처 방법이 없어

네 삶 등불은
곧 사라져 버릴 것이기에

천사

그대는
나의천사

꿈찾아
채워주네

어두운
긴긴터널

해매다
밝아졌네

천사가
살짝 불어주니
지식나무 싹 돋네

사랑이 피어나면

사랑을 찾아가니
행복이 자리 잡고
행복이 있는 곳에
사랑을 노래하네
꽃처럼
행복한 미소
듬뿍 주며 살으리

해처럼 미소 짓고
달처럼 사랑 주네
행복을 주고 나면
내 가슴 꽃이 피네
오늘도
웃는 모습이
넘치도록 즐기리

억새풀에게

억새풀아 춥겠다
호수 지키려 거기 섰니
아니면 누가
물에 빠질까 봐 지키니

추운 겨울에
삼팔선 지키고 있는
용맹스러운 군인처럼
호수를 지키고 있느냐

추운 겨울에
흔들리는 네 모습
청순가련하니
봄이 오면 파란색
예쁜 옷
너에게 선물을 하마

겨울이 오면

썰매 타다 넘어지고
또 넘어지네
누더기 바지가 얼음물에 젖어
비 맞은 장 닭처럼

물 빠진 생쥐 같았던 시절
차가운 맞바람에 추위가
속살을 파고들던 그 차가운 겨울
방안에 떠다 놓은 물이 꽁꽁 얼며

콧물이 줄줄 흘러도 좋았고
병아리처럼 뛰놀며
웃음꽃이 피고 지던
지나간 어린 시절

내 나이 칠십 넘어
지금도 겨울이 오면
그 시절
생각에 젖어 든다

미련

가야 한다
누구나
언제인가
그 길을
한 알의 밀알처럼

다음 생을 위한
또 하나의 생명체를
잉태하고
흙 속에
뿌리를 내리고

자연은 그렇게
영원히 회귀한다

돌고 도는
생명체

지구상에 한 가족
미련 같은 것
버리고
삶을 살아간다

상처는 아프다

멍든 가슴에 상처
지우려고
먼 산 바라보니

컴컴한 구름바다
파도처럼 헝클어진 가슴
넘실대는 아픔에 흔적들

맑은 물 씻어
천개산 봉우리에 걸어놓고
추억의 동산 더듬어 본다

꿈결 같은
그 아픈 흔적 가슴속
바위가 뒤척인다.

* 천개산 : 우리 집 뒷산

사랑이란

사랑은 주는 걸까?
받는 걸까?

사랑이란
이런 것
사랑은 주어도 주어도
끝이 없는 것

사랑은 받아도 받아도
또 받고 싶은 것

사랑은 줄수록
더 많이 더 많이
보채는 것이
사랑인가봐

강강술래

제기차기 강강술래
꼭꼭 숨어라
머리카락 보인다
장독 뒤에 숨던 숨바꼭질

친숙해진 우리 가락
어느 때부터인가
우리의 정겨운 언어
하나둘씩 공룡처럼 사라져 가고

가족이 남처럼
한 울타리 안에
또 다른 울타리가 존재한다

세월이 변하여
그리되는 것을
어찌 어찌 하오리까

가을 다람쥐

노을진 석양빛에
단풍잎 너울너울
황혼의 바람 물결
햇볕이 춤을 추며
먼 산이
손에 잡힐 듯
아득하게 보이고

내 앞에 선 다람쥐
나무 위 촐랑이네
오르락 후두드덕
내리락 차작차작
놀라서
도망치다가
아쉬운 듯 설친다

더하기 사랑

사랑도 더하기
행복도 더하기
그리움은 두 배로

서산에 지는 해
너의 볼처럼 물들어졌네

물들어진 해님
헤벌리고 웃는 모습
너처럼 닮았네

행복도 더하기
사랑도 더하기
어둠이 내리며
더하기로 보고 싶어

오늘도
너의 모습 가물거려
눈가에 이슬이
얼룩지네

차디찬 내 입가에
미소가 사라지며
그리움에
가슴 앓이 하네

호명산

호명산 아래
조종천 이백 리 길
물길 따라 자리한
들꽃 향기 펜션에
친구 스물한 명과 함께
몸을 풀고

하룻밤 지난
세상 이야기 속에 파묻혀
코로나로 그동안 그리웠던
친구들과 함께
이야기꽃 피웠다

조종천 건너
앞산이 호명산
호랑이 등처럼 생겨
호명산이란다
거창한 명성답다

호명 호수가
아름답게 꾸며

백두산 천지암처럼
산 위에 자리 잡아
넘실거리며 반긴다.

사랑도 몰라

사랑을 주니
사랑인 줄 모르고

꽃이
꽃인 줄 모르고
돼지는
내가 돼지인 줄 모른다

사람이
사람인 줄 모르고
돼지처럼 강아지처럼 울고 있고

사람이
사람인 줄 모르는 자
사랑도 눈물도 모르네

송아지는 사랑을 아는 듯
여물통을 바라보고
음메 음메 울고 있네

철없는 아이처럼

가끔씩 우리 어머니
아버지 그리울 때가 있다
나이 들어도 부모 앞에선
철없는 아이

만나보고 싶어지면
먼 산 보고 눈물짓네
그리움이 진해지면
앞산 보고 눈물짓네

사랑해요 울 어머니
사랑해요 울 아버지
내 가슴이 요동치네
보고 싶어 울렁울렁

눈물이 앞을 가린다
보고싶습니다
사랑합니다

사랑한다고 했지

여보 사랑해

여기서?
안돼

누가 뽀뽀
하자고 했어
사랑한다고 했지

그렇게
예쁘게 바라보면
뽀뽀하고
싶잖아

제6부

돛단배처럼

단풍의 부끄러움

찬란하고 고요한
아침 햇살이
울긋불긋한
단풍들에게
사랑을 심는다

따듯한 햇볕을
싱그러운 느낌으로
골고루 뿌려준다

단풍은 부끄러워
어쩔 줄 모르고
얼굴이 홍당무처럼
빨개진다

고맙다고 반짝거리며
살랑살랑
바람결에
춤을 춘다

바람과 함께

낙엽 지는 가을을 어느 누가
쓸쓸한 계절이라고 했던가

가을은 이산 저산 나무들이
고운 옷 갈아입고 사색하는 계절이다
들녘엔 황금물결
손 내미는 바람 잡고

산새들의 노랫소리에
웃음꽃 밟아 가며

산들산들 나비처럼
기름진 골짜기 찾아 머물다

꽃들의 시샘

장미꽃이 피었다
가을에 왜 피니
"내가 예쁘니까"

아니
내가 더 예뻐
코스모스가 샘이 나서
한마디 한다

꽃보다
내가 더 예쁘지
단풍이 우쭐거린다.

돛단배처럼

나뭇잎 울긋불긋 꽃 피우고
기러기 하늘에 편지를 쓴다

골짜기 개울 물 가재들 노닐고
버들치 동사리 촐랑거리며
야무지게 도망간다

낙엽은 둥둥 돛단배처럼 떠
추억을 되새긴다

철모르는 장미꽃
한 송이 외로이 피어
내 가슴을 적신다

낙엽의 삶

숲 사이
솔솔 부는 바람결에
황혼의 낙엽
숲에 숨어
살며시 속삭인다

드라마처럼 살아온 삶
그리움 슬픔 미련
단풍나무 가지 위에 올려 두고

지난 세월
서럽고 애달픈 사연 감추고
바람 타고
슬며시 내려앉는다

황혼길
아름다운 날갯짓하며
미소에 사랑 담고
겨르로이 흘러가리라

낙엽의 추억

가을
석양빛 노을진 하늘 아래
때때옷 갈아입고
뽐내는 저 나무들
우쭐댄다

무더웠던 지난 시절
솔솔 부는 바람 타고
흔적의 추억이 스민다

노력 끝에 달린 열매
풍요를 약속하며
다져졌던 몸과 마음
살찌게 한다

아가야, 별이 되어라

아가야
잘 잤어
너의 자는 모습은
천사처럼 성스럽구나

아가야
너는 별이 되어
꿈을 꾸고
누나는 달이 되어
희망을 주고
엄마는 구름 되어
채소밭에 물을 뿌려 주고
아빠는 태양처럼 빛이 되어
따뜻한 온기로
우리 가족을 감싸 주리라.

음성의 편지

친구야
안녕
잘 있니?
음성의 편지가 도착했다
응 반갑다
나
덕분에
잘 있어
아픈 데는 없어?
응 없어
너도 잘 있지
응 염려
덕분에 잘 있어

삶의 등불이
날 찾는 날 행복해진다

한가위 둥근달처럼

이날이 오면
울타리 너머 산 위에
떠 있는 둥근 달
콧물 먹던 우리 집 그리워진다

평화를 가져온 둥근달
내 마음 달빛에 걸어두고
그립고 쓸쓸할 때 꺼내어 본다

아무런 보답 바라지 않고
빛과 평화 모두에게
사랑으로 나눈다

둥근달 처럼 모나지 않게
너도 주고 나도 주고
사랑으로 가득하다.

낙엽의 희망

날씨가 춥구나
추위가 우리를 데리러 오는군

우린 너무 짧은 생애
아무 흔적 없이 사라져 가는구나

난 예쁜 꽃으로
다시 태어나고 싶어라

세상을 아름답게 가꾸고
벌과 나비와 곤충들을

친구처럼 여인처럼
오순도순 속삭이며

우아한 모습으로
세상에 흔적 새기고 싶다

계절 마중

꽃은 시들고
꽃잎 떨쳐 버린
아쉬운 계절

말라 가는
낙엽의 삶 위로하듯
찾아드는 황혼 길의 동반자

빨강 머리 노랑머리
물들이고
단아하게 단장하고
오는 계절 마중한다.

웃기지 마라

조인형작사 김호진 작곡
2022년 11월 7일

웃기지 마라

작사 조인형
작곡 김호진

웃기지 마라. 까불지 마라
웃기지 마라. 까불지 마라
살맛 나는 삶
지금부터 시작이다(시작이다)
웃기지 마라
나도 한때는 천하가
내 손 안에 있었다(있었다)
까불지 마라
나도 한때는 잘 돌아가는
톱니바퀴였다
지금은 비록
어쩌다 녹슬고 쓸모없이
고물 가게에서
낮잠 자고 있지만 (뽀로롱뽀롱)

웃기지 마라. 까불지 마라

잠에서 깨어

지금부터 시작이다(시작 시작)

산삼 한 뿌리 먹고(먹고)

무릎 허리 돌려(돌려)

살맛 나는 삶 지금부터 시작이다

시작이다. 웃기지 마라. 까불지 마라

살맛 나는 삶

지금부터 시작이다(시작 시작)

산삼 한 뿌리 먹고(먹고)

무릎 허리 돌려(돌려)

함께 흔들어 지금부터 시작이다

(뾰 로 롤 뾰 로 롱 뾰 로 롱 뾰 롱)

웃기지 마라 까불지 마라

보고싶은 어머니

조인형작사 김호진 작곡
2022년11월10일

보고 싶은 어머니

작사 조인형
작곡 김호진

꿈속에서 그리네
만나 보고 싶어지면
그리움이 찐해지고
앞산 보고 눈물짓네
사랑해요 울 어머니
내 가슴이 요동치네
그리워라 그리워라
보고 싶은 울 어머니
사랑해요 울 어머니
내 가슴이 요동치네
보고 싶어 울렁 울렁
보고 싶은 울 어머니
보고 싶은 울 어머니

바보처럼 울고 싶어라

Maestoso ♩. = 90

조인형작사 김효진 작곡
2022년 10월 28일

바보처럼 울고 싶어라

작사 조인형
작곡 김호진

너와의 추억을 가슴 속 주머니에
담아놓고 돌아서는 발걸음은
감당키 힘든 무게로 사라졌다가
그림자로 다가서는
추억이 내 가슴을 흔들어 놓네

애달픈 가슴을 달래며 너를 보내는 나의 마음은
바보처럼 울고 싶어라
울고 싶어라

너와의 추억을 가슴속 깊은 곳에
묻어놓고 돌아서는 발걸음은
감당키 힘든 무게로 사라졌다가
꿈속에서 다가오는 그리움의 내 가슴을 뭉개어 놓네

애달픈 가슴을 달래며 너를 보내는 나의 마음은
바보처럼 울고 싶어라
울고 싶어라

너는 나만의 반쪽

조인형작사 김효진 작곡
2022년 11월 01일

너는 나만의 반쪽

작사 조인형
작곡 김호진

나 너를 사랑해 너는 나만의 반쪽
없으면 보고 싶어지고
보고 있어도 보고 싶은 얼굴
같이 있으면서
같이 있고 싶은 그대

나도 너를 사랑해
너는 나의 반려자
안 보면 보고 싶어지고
보고 있어도 찾고 있는 얼굴
같이 있으면서
같이 있고 싶은 그대

네가 좋아
너를 사랑해 (너를 사랑해)
안 보면 보고 싶고
봐도 봐도 보고 싶은 얼굴

나도 좋아
너를 사랑해 (너를 사랑해)
같이 있어도
같이 있고 싶은 그대

너는 나만의 반쪽

긴 여행길

조인형 작사 허트샘 작곡
2023년6월9일

긴 여행길

작사 조인형
작곡 희트샘

외롭지 않을 거야 혼자면 슬프겠지
둘이면 웃음 짓고 가는 길 행복하네
그림자 둘이라서 좋다
외롭지 않을 거야 행복해 여행길
함께라 좋다 외롭지 않을 거야 행복해
혼자면 어떡하지 쓸쓸히 외롭겠지
둘이라 즐거웠다 외롭지 않을거야
외롭지 않을 거야 혼자면 슬프겠지
둘이면 웃음 짓고 가는 길 행복하네

그리움이 별이 되어

조인형작사 강호진 작곡
2022년11월24일

그리움이 별이 되어

작사 조인형
작곡 희트샘

그리움이 별이 되어 반짝일 때
내 마음에 흐르는 속삭임은 허공을 맴돈다
내 마음이 슬픔으로 흐느낄 때
내 눈에 흐르는 눈물방울을 감추고 싶어라
별이 되고 싶어 별이 되고 싶어
강줄기 위에 꽃을 비행하여 아름다운 삶을 사는
별이 되고 싶어 별이 되고 싶어

2

너의눈동 자위에반짝이는   별이되고싶어

라

별이되고싶어 별이되고싶어 강줄기위 에꽃을비행하며 아름다운삶을사 는
2절

별이되고싶어 별이되고싶어 너의눈동 자위에반짝이는 별이되고싶어라
2절

별 이 되 고 싶 어   라

너의 눈동자 위에 반짝이는 별이 되고 싶어
별이 되고 싶어 별이 되고 싶어

강줄기 위에 꽃을 비행하며
아름다운 삶을 사는 별이 되고 싶어
너의 눈동자 위에 반짝이는 별이 되고 싶어라
별이 되고 싶어라

행복을 꿈꾸는 젊음의 로맨스

- 조인형 시집 『73세의 여드름』

최 봉 희(시조시인, 평론가, 글벗 편집주간)

 사랑은 시간을 거스르는 힘이 있다. 나이가 들어서 노년을 절대 비관하지 않는다. 지금 머물러 있는 곳을 불평하지 않는다. 새로운 것에 대한 희망의 말을 하면서도 그곳으로 발걸음을 옮긴다. 다시 말해 떠남의 축복을 만끽한다. 두려움이 없어서가 아니다. 두려움보다 새로운 것에 대한 기쁨과 희망이 더 크기 때문이다.

 조인형 시인의 첫 시집 『73세의 여드름』은 한마디로 젊음을 꿈꾸는 행복한 상상력이 결집한 시집이다.

 새로운 지식을 얻기 위해서는 지금에서 떠나야 한다. 떠난 자만이 새로운 이야기의 주인공이 될 수 있기 때문이다. 새로운 가치를 발견하고 새로운 문화를 창출해야 한다.

 시인은 그런 꿈을 꾸기 위해 끊임없이 탐구하고 배움에 참여하고 있다.

꿈이란
희망이요

삶의 원동력이며
존재의 의미다

꿈이란
소유하는 것
행복하다는
증거이기도 하다

황금 보화가
가득 해도
꿈이 없다면
삭막하고 메마른
갈대숲과 같고

꿈이 사라지면
텅 빈 고목과도 같다
- 시 「꿈의 존재」 전문

꿈을 꾸기 시작하면 예상치 못한 좋은 일들이 나타난다.
가장 먼저, 자신의 숨은 끼, 잠재된 능력을 깨닫게 된다.
"우아, 내 안에 이런 능력이 있었네. 나에게 이런 아이디
어가 있었다니…"
조인형 시인은 일흔셋의 나이에 배움의 길에 나서고 있
다. 꿈을 꾼다는 것은 용기 있는 지혜다. 용기가 없으면 어

떤 천재성도 능력도 기적도 나타나지 않는다.

두근두근 하네요
아침 일찍 일어나

어린 학생처럼
책가방 챙기고
학교 가는 날

늦공부 하느라
밤잠을 설치고

일학년 마지막 시험
잘 보고 싶어

새벽길을 달려가니
우리 학교가 보이네

우리 교실이 날 부른다
몸속에 학구열이 넘친다
– 시 「늦깎이」 전문

일흔셋의 늦깎이 배움에 두근두근하는 설렌 마음, 밤잠을
설치고 새벽길을 달려가는 그의 열정이 눈부시다. 그의 열
정은 꿈과 용기를 부른다. 그리고 그 꿈과 열정은 큰일을
하게 한다. 예기치 않은 열정이 일어나고 지혜가 생기며
끈기를 발휘하게 된다. 이것이 아마도 기적이 아닐까 한다.

어쩌면 이번 첫 시집 『73세의 여드름』의 발간은 그의 열정에서 비롯된 기적이 아닐까 한다.

> 꿈 있기에 아직도 백발의 청춘이라고 말하고 싶다.
> 꿈을 가지는 것은 꿈을 잘 꾸는 사람이기에 행복을 누리는 사람이라고 믿는다.
> 난 아직 청춘처럼 마음만은 젊고 철없는 다섯 살짜리 철부지 같다. 내 나이 고희를 넘어 시 창작에 입문하면서, 시를 읽고 쓰는 과정에 인생사 전부가 시의 자료임을 알게 되었다. 문학은 생이 저물어 가는 순간까지도 현역이기에 삶의 흔적이요 보람이요 위로가 된다고 여긴다. 시를 배우는 열정은 삶을 더욱 보람 있게 하고 뜻있게 살아가게 한다고 생각한다.
> – 초판 시집 「머리에 두는 말」 중에서

조인형 시인은 자신을 다섯 살짜리 철부지라고 말한다. 그리고 생이 저물어 가는 순간까지도 현역이라면서 삶의 흔적을 남기는 보람과 위로로 살아가겠다고 말한다.

첫 시집 발간을 앞두고 고민을 한 듯하다. 시를 고치고 퇴고하기를 여러 번 반복하면서 편집자를 힘들게 한 모양이다. 그만큼 시인에게는 큰 열정이 있다. 그의 시 공부가 그의 배움이 늦바람인지 모른다.

서평 원고를 내게 건네주면서 시인은 다시금 또 부탁한다. 혹시 오타나 잘못된 시어를 교정해 달란다. 얼마나 용기 있는 시작인가. 시인의 마음은 참으로 겸손하며 어린아이처럼 순수하다.

시원한 바람이 분다
교실 안으로 살며시 창문 열고
바람도 나의 마음을
아는 것처럼

내가 끙끙거리며
늦공부 하느라
비지땀 흘리는 것을

남쪽에서 부는 바람이
예쁜 글씨 쓰라고
노란 색종이에게 인사한다

내 얼굴을 살며시
어린아이처럼 만져주니
어둠에 터널에서
안개 그치듯이 사라지며
밝은 마음에 불빛이 나를 반겨준다
- 시 「늦바람」 전문

 날마다 우리는 희망의 씨앗을 심는다. 어느 봄날 어쩌다 흙을 밀고 올라와 새싹을 틔우는 숭고한 모습을 본 적이 있다. 두리번거리는 듯한 그 작고 연한 초록의 모습이 얼마나 대견하고 멋지던지 저절로 감탄하게 된다. 어쩌면 조인형 시인은 시를 쓰는 새싹인지도 모른다. 어둡고 딱딱한 땅을 뚫고 나와 세상을 향해 두 팔을 벌리는 순간, 바람이

응원하고 노란 색종이 인사한다. 그뿐인가. 얼굴을 매만져 주고 어둠의 터널에서 밝은 마음의 불빛을 주는 것이다.

　　꿈이란 단어 적어 놓고
　　꽃바람처럼 스쳐 가며
　　희망을 꿈꾼다

　　꿈은 희망에 씨앗
　　내일의 목적지
　　꿈은 행복을 가지는 것

　　오늘도 꿈은 이정표 향해
　　달리기도 하고
　　넘어지기도 한다

　　꿈을 안고 살면
　　황혼기에도 늘푸르다
　　행복하려면 꿈을 꾸어라
　　- 시 「꿈 너스레」 전문

　조인형 시인은 꿈을 꾸는 것이 행복이라고 말한다. 그리고 행복하게 살기 위해 꿈을 꾸라고 말한다.
　그렇다면 꿈을 꾼다는 것은 무엇을 의미할까? 호기심을 가득 안고 날마다 새롭게 긍정적으로 사는 삶, 열심히 살아가는 것이 아닐까?
　이 모든 일은 사랑이 있어야 가능하다. 삶에 대한 사랑, 나에 대한 사랑, 그리고 이웃에 대한 사랑이 세상의 모든 싹을 틔우는 힘이고 꿈을 실현하는 힘이 되는 것이다.

> 갈 길은 / 까마득하게 멀고 //
> 마음은 / 그지없이 바쁘고 //
> 시간은 / 티끌만큼도 없고 //
> 할 일은 / 태산처럼 쌓여 가는데 //
> 어찌하리 //
> 하고 싶은 것 / 너무나도 많아 //
> 보고 싶은 곳 / 너무너무 많고 //
> 이 애타는 가슴 / 어찌 어찌하리 //
> 사랑하지만 / 이룰 수 없고 //
> 그리워도 / 감춰야 하는 //
> 이 애태우는 내 마음 / 어찌 어찌하리 //
> 잊고 싶어도 / 잊을 수 없고 //
> 보고 싶어도 / 갈 수 없으니 //
> 무정한 인생사 / 어찌 어찌하리오
> - 시 「어찌하리」 전문

조인형 시집에 자주 등장하는 어휘가 '어찌하리'다. 시인의 고뇌가 담겨 있는 호기심이자 힘이 된다. 결국 시인은 이 모든 일에는 사랑이 있어야 가능하다는 사실을 깨닫는다. 삶에 대한 사랑, 나에 대한 사랑, 그리고 이웃에 대한 사랑이 세상의 모든 희망의 싹을 틔우는 힘이라는 사실을 깨닫는다.

> 창가에
> 부딪히는

빗방울 소리는

봄이 오는 소리일까
꼬맹이들
책을 읽는 소리일까

진종일
봄이 왔다고
알려 주네

앙상한 가지에
사뿐히 내려와
사랑한다고
고백한다

꽃봉오리 맺어
예뻐지고
멋 부리면
나비 찾아올 거라고
속삭인다
– 시 「봄비 내리는 창」 전문

 이진관의 노래 「인생은 미완성」이란 노래가 있다. 그리
다 마는 그림을 그리더라도 그리고 쓰다가 마는 편지가 되
더라도 우리는 현재 진행형으로 살아야 한다. 꽃봉오리의
가능성, 발전과 성숙의 기쁨, 새로움에 대한 호기심과 기
대, 얼마나 귀하고 아름다운가. 비가 내리는 상황에서 꽃은
나비가 찾아올 것이라는 기대 속에서 현재 진행형의 삶을

사는 있는 것이다. 나의 상황이, 그리고 나의 부족함과 부
끄러움이 사람들에게 더 매력적으로 보일 수도 있다. 어느
누구도 완벽한 사람은 없기 때문이다. 그런 의미에서 우리
는 끝까지 배워야 한다.

노을 진 가을 하늘
둥실 떠다니는 구름
흘러가는 인생길의 여정

어려움 속에 애틋이 만났던
너와 나의 애달픈 사연은
석양의 타오르는 불꽃같이
내 가슴을 태워 버렸다

너는 나의 초가집의 꽃이 되고
나는 너의 듬직한 기둥이 된다

가버린 너의 흔적들
너는 떠났지만
내 가슴속엔 보내지 못하고
널 붙잡고 있다

아! 마른하늘에 날벼락
천둥소리가 들린다
눈 뻔히 뜨고 바라볼 뿐
붙잡지 못했다

날 두고 떠나갔어도

그대의 흔적은
어두워진 안갯속에
멈칫멈칫 머물러 있다

귓가에 속삭이는
귀뚜라미 소리는
밤 깊은 줄 모르고 구슬프다

너는 가고 없지만
우리의 사랑은 은퇴를 모르고
안개 낀 골목에서
서성거리며 눈물짓는다
- 시 「서정의 흔적」 전문

아내를 잃고 사랑하는 부모를 잃은 아픔을 기록한 시다. '사랑은 은퇴를 모른다'는 시어가 인상적이다. 하지만 세월은 파도처럼 물결을 타고 우리를 향해서 달려온다. 시인은 그 세월 속에서 추억을 붙잡는다. 그리고 시를 쓰는 것이다. 시인은 시 쓰는 삶이 젊음이며 그리운 시절을 추억하는 것이 그의 삶의 행복임을 다음과 같이 말한다.

파도가 우리를 향해서
물결 타고 달려온다
가지 마세요

어여쁘고 우렁찬
목소리 철썩거리고

살짝 나를 붙잡는다

그리운 젊은 시절
비취 파라솔
그늘진 모래밭에 앉아
이야기꽃 활짝 피며
헤엄치고 물장구쳤지

갈매기 너울너울
바다 위에 날고
젊음의 낭만 허공에 띄우며
추억은 마냥 행복하여라
– 시 「파도가 부른다」 전문

 파도라는 물결이 세월로 흘러갈 때 작가는 시를 쓰면서
추억을 노래하는 것이다. 그것이 행복이고 낭만인 것이다.
그런 삶은 삼백육십오일 내내 한결같다. 해오름달 새해 첫
날이다. 시인은 이렇게 노래한다. 새해 첫날을 하얀 눈이
내린 날로 언어유희를 통한 새해의 기쁨을 노래한다. 마치
어머니를 만난 듯이 반가운 마음으로 순결한 마음으로 시
를 쓰는 것이다.

그리움처럼 쌓이는 흰 눈
창가에 비치는
나무 위에 앉아
세상을 노래한다

어머니같이
고마운 하얀 눈
오늘이 설날인 줄
그대는 어떻게 알고
다정하게 내려와
세상에 순결한 미소를 주는가

난 그대를 오랫동안
보고 싶어

태양아 저 멀리 가렴
하얀 눈 다치면
마음 아프니까
- 시 「해오름달 첫날」 전문

이 시의 백미는 끝부분에 나타난다.
"태양아, 저 멀리 가렴 / 하얀 눈 다치면 / 마음 아프니까"
 필자는 이 시를 보고 '젊음의 로맨스'가 떠올랐다. 다른
사람과의 로맨스는 끝날 때가 있다. 하지만 자신과의 로맨
스는 평생 지속된다. 이 로맨스는 어떤 부작용도 없고 갈
수록 즐거움을 더해준다. 내 존재 자체는 물론이고 감정,
마음, 성격, 체력, 환경, 가족 등 나를 둘러싼 모든 것과
사랑을 나누면 세상 모든 것이 아름답게 보이는 법이다.
 결국 타인을 향한 사랑도 자신을 사랑하는 것에서 출발하
기 때문이다.

금발 머리 갈대
겨울바람에 하늘거리고

그대는 금발이 되어도
허리가 굽지 않은 몸매

한 점 부끄럼 없다고
고개 숙이지 않은 몸가짐

겨울이면 부동자세로
겨울밤을 지새우며

바람결에 살금살금
사랑을 속삭인다
- 시 「갈대」 전문

　시인은 갈대와 같은 삶을 추구한다. 머리는 금발이지만 겨울바람을 이겨내고 꼿꼿하게 사는 삶, 부끄러움 없이 사는 삶, 그리고 사랑하면 사는 삶인 것이다.

　우리가 살아가면서 여러 가지 노력을 한다. 공부하고 일하고 생각하고 어느 때는 일기와 같은 글을 쓰거나 시를 쓰기도 한다. 이러한 노력이 어디를 향할 때 가장 효과적일까? 자기 자신이다. 나를 향한 노력이 가장 귀한 투자가 아닐까 한다. 남을 가꾸기 전에 먼저 자신을 가꾸어야 한다. 그런 의미에서 남을 행복하기 위해서는 내가 행복해야 한다. 타인을 위한 사랑보다는 먼저 자신을 사랑하고 나아가 사람을 깊이 사랑할 줄 알아야 한다. 그런 다음에 사랑의 범위를 넓혀야 한다. 내가 서 있어야 남을 일으킬 수 있기 때문이다.

이제 시인이 젊음을 꿈꾼다. 오늘도 청춘을 돌려달라고 일흔셋의 여드름이 아우성치는 듯 시를 쓰고 있다. 청춘이란 착각 속에서 여드름을 짜는 삶, 다시 말해, 생각이나 삶의 태도가 젊음을 유지하는 삶, 다시 말해 시를 쓰면서 젊음의 노를 저어가며 사는 것은 아닐까? 시인은 그렇게 자신을 사랑하고 있는 것이다.

낯선 이국땅
이방인 길 찾듯이
심쿵하며 더듬는 볼살 위
여드름 부대가 떼창 하듯
시끄러워 가만히 들어보니

청춘을 돌려 달라
아우성치는 듯하다
열여덟에 피어난
여드름 자국 위에
황혼에 돋아난 철없는

너를 보며
만추의 울타리에
착각한 덩굴장미 피었다가
서리에 얼어 죽은 최후 생각나

은근슬쩍 겁이 났지만,

그래도 나는 청춘이란 착각에
여드름 짜면서 즐기고 있구나

인생이란 덧없이
흘러가는 강줄기 위
삶이란 배를 띄워 노 저으며
73세 황혼 녘 남모르게
여드름 만지며 미소 감추네
– 시 「73세의 여드름」 전문

이제 글을 마무리할까 한다. 시인은 자신을 일흔셋의 고
목으로 인정한다. 다만 고목인 매화가 꽃을 피우듯이 목숨
을 다해서 글을 쓰듯 꽃잎을 피우겠다는 의지다. 다시 말
해 글 쓰는 삶, 배움의 삶을 통해서 살빛 햇살에 다시 청
춘에 물들고 싶은 것이다.

살빛 햇살처럼
은총 같은 물줄기
계곡에 흘러
화음이 아름답다

세월 풍상에
낡아버린 매화나무
계절을 잊은 채
고목에서 꽃이 돋네

꽃을 피우던 물줄기

고목이라 아니 갈까

목숨 다해 피워낸
꽃잎에 입 맞추고
살빛 햇살에 다시
청춘, 물들이고 싶다
– 시 「청춘, 물들이고 싶다」 전문

 결론적으로 시인이 꿈꾸는 행복은 젊음이며 그 젊음은 자신을 사랑하는 삶이다.
 그래서 조인형 작가의 젊음의 로맨스는 유쾌하다. 그 로맨스는 젊음을 지닌 배움의 삶이며 아직도 여드름을 짜는 현재 진행형이다. 그가 우리에게 전해주는 메시지는 희망이다.
 시인에게 희망은 절대적이다. 젊음이라는 희망 없이는 아무 일도 할 수가 없다. 나의 영혼은 나의 희망을 먹고 산다. 그렇기에 누군가에게 무언가를 주고 싶다면 희망을 주어야 한다. 진정한 마음으로 글을 쓰는 고목의 희망은 어떤 경우에도 쓰러지지 않는다.
 희망이란 마음 밭에 뿌리는 조인형 시인의 시는 시의 정원에 한 번 뿌려지면 스스로 자라 꽃을 피우고 열매를 맺으리라 생각한다. 그리고 그 열매가 새로운 희망을 만들 것이다. 시의 정원에는 행복의 꽃이 피리라 생각한다.
 다시 한번 시인의 젊음의 로맨스에 응원의 박수를 보낸다. 항상 시의 정원에서 꽃이 활짝 피는 모습을 기대한다.

■ 글벗시선 173 조인형 시집 개정판

73세의 여드름

초판 발행일 2022년 10월 6일
개정판 1쇄 2022년 11월 21일
개정판 2쇄 2023년 7월 14일
지 은 이 조 인 형
펴 낸 이 한 주 희
펴 낸 곳 도서출판 글벗
출판등록 2007. 10. 29(제406-2007-100호)
주   소 경기도 파주시 와석순환로 16,(야당동)
         롯데캐슬파크타운 905동 1104호
홈페이지 http://guelbut.co.kr
E-mail juhee6305@hanmail.net
전화번호 031-957-1461
팩   스 031-957-7319
가   격 12,000원
I S B N 978-89-6533-259-6 04810